KB067847

평생

간직하고픈

시

개정판

평생 간직하고픈 시

개정판

윤동주 외 지음

북 카라반
CARAVAN

1.
너의 추억을
나는 이렇게 쓰고 있다

2.
가까이 오라,
밤이 오고 바람이 분다

3.
너에게로 가지 않으려고 미친 듯 걸었던
그 무수한 길도 실은 네게로 향한 것이었다

5.
흔들리는 종소리의
동그라미 속에서

1.

너의
추억을

나는

이렇게
쓰고 있다

찔레

문정희

꿈결처럼
초록이 흐르는 이 계절에
그리운 가슴 가만히 열어
한 그루
찔레로 서 있고 싶다.

사랑하던 그 사람
조금만 더 다가서면
서로 꽃이 되었을 이름
오늘은
송이송이 흰 찔레꽃으로 피워 놓고

먼 여행에서 돌아와
이슬을 털 듯 추억을 털며
초록 속에 가득히 서 있고 싶다.

그대 사랑하는 동안
내겐 우는 날이 많았었다.

아픔이 출렁거려
늘 말을 잃어갔다.

오늘은 그 아픔조차
예쁘고 뾰족한 가시로
꽃 속에 매달고

슬퍼하지 말고
꿈결처럼
초록이 흐르는 이 계절에
무성한 사랑으로 서 있고 싶다.

낙엽

유치환

너의 추억을 나는 이렇게 쓰고 있다.

삶이 그대를 속일지라도

삶이 그대를 속일지라도
슬퍼하거나 노여워하지 말라
슬픔의 날 참고 견디면
기쁨의 날이 오리니

마음은 미래에 살고
현재는 늘 슬픈 것
모든 것은 순간에 지나가고
지나간 것은 다시 그리워지나니

예전엔 미처 몰랐어요

봄 가을 없이 밤마다 돋는 달도
예전엔 미처 몰랐어요

이렇게 사무치게 그리울 줄도
예전엔 미처 몰랐어요

달이 암만 밝아도 쳐다볼 줄을
예전엔 미처 몰랐어요

이제금 저 달이 설움인 줄은
예전엔 미처 몰랐어요.

봄은 고양이로다

이장희

꽃가루와 같이 부드러운 고양이의 털에
고운 봄의 향기가 어리우도다.
금방울과 같이 호동그란 고양이의 눈에
미친 봄의 불길이 흐르도다
고요히 다물은 고양이의 입술에
포근한 봄 졸음이 떠돌아라
날카롭게 쭉 뻗은 고양이의 수염에
푸른 봄의 생기가 뛰놀아라.

돌담에 속삭이는 햇발

돌담에 속삭이는 햇발같이
풀 아래 웃음짓는 샘물같이
내 마음 고요히 고운 봄 길 위에
오늘 하루 하늘을 우러르고 싶다

새악시 볼에 떠오는 부끄럼같이
시의 가슴 살포시 젖는 물결같이
보드레한 에메랄드 얇게 흐르는
실비단 하늘을 바라보고 싶다.

봄에 꽃들은 세 번씩 핀다

김경미

필 때 한 번
흩날릴 때 한 번
떨어져서 한 번

나뭇가지에서 한 번
허공에서 한 번

바닥에서 밑바닥에서도 한 번 더
봄 한 번에 나무들은 세 번씩 꽃 핀다.

산 너머 남촌에는

김동환

1
산山너머 남촌南村에는 누가 살길래
해마다 봄바람이 남南으로 오네.

꽃 피는 사월四月이면 진달래 향기
밀 익는 오월伍月이면 보리 내음새.

어느 것 한 가진들 실어 안 오리
남촌南村서 남풍南風불 제 나는 좋데나.

2
산山너머 남촌南村에는 누가 살길래
저 하늘 저 빛깔이 저리 고울까.

금잔디 넙은 벌엔 호랑나비 떼
버들밭 실개천엔 종달새 노래.

어느 것 한 가진들 들여 안 오리
남촌南村서 남풍南風불 제 나는 좋데나.

3
산山너머 남촌南村에는 배나무 셨고
그 나무 아래에는 각시 셨다기.

그리운 생각에 재에 오르니
구름에 가리어 자취 안 뵈나.

끊었다 이어오는 가는 노래
바람을 타고서 고요히 들리네.

청포도

내 고장 칠월은
청포도가 익어가는 시절

이 마을 전설이 주저리 주저리 열리고
먼데 하늘이 꿈꾸며 알알이 들어와 박혀

하늘 밑 푸른 바다가 가슴을 열고
흰 돛단 배가 곱게 밀려서 오면

내가 바라는 손님은 고달픈 몸으로
청포를 입고 찾아온다고 했으니

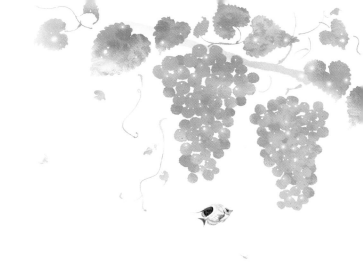

내 그를 맞아 이 포도를 따 먹으면
두 손을 함뿍 적셔도 좋으련

아이야 우리 식탁엔 은쟁반에
하이얀 모시 수건을 마련해두렴.

이 또한 지나가리라

랜터 윌슨 스미스

큰 슬픔이 거센 강물처럼
네 삶에 밀려와
마음의 평화를 산산조각 내고
가장 소중한 것들을 네 눈에서 영원히 앗아갈 때면
네 가슴에 대고 말하라
"이 또한 지나가리라"

끝없이 힘든 일들이
네 감사의 노래를 멈추게 하고
기도하기에도 너무 지칠 때면
이 진실의 말로 하여금
네 마음에서 슬픔을 사라지게 하고
힘겨운 하루의 무거운 짐을 벗어나게 하라
"이 또한 지나가리라"

행운이 너에게 미소 짓고
하루하루가 환희와 기쁨으로 가득 차
근심 걱정 없는 날들이 스쳐갈 때면
세속의 기쁨에 젖어 안식하지 않도록
이 말을 깊이 생각하고 가슴에 품어라
"이 또한 지나가리라"

너의 진실한 노력이 명예와 영광
그리고 지상의 모든 귀한 것들을
네게 가져와 웃음을 선사할 때면
인생에서 가장 오래 지속된 일도
가장 웅대한 일도
지상에서 잠깐 스쳐가는
한 순간에 불과함을 기억하라
"이 또한 지나가리라"

행복

—사랑하는 것은
사랑을 받느니보다 행복하나니라
오늘도 나는
에메랄드빛 하늘이 환히 내다뵈는
우체국 창문 앞에 와서 너에게 편지를 쓴다

행길을 향한 문으로 숱한 사람들이
제각기 한 가지씩 생각에 족한 얼굴로 와선
총총히 우표를 사고 전보지를 받고
먼 고향으로 또는 그리운 사람께로
슬프고 즐겁고 다정한 사연들을 보내나니

세상의 고달픈 바람결에 시달리고 나부끼어
더욱더 의지 삼고 피어 헝클어진 인정의 꽃밭에서
너와 나의 애틋한 연분도
한 망울 연연한 진홍빛 양귀비꽃인지도 모른다

—사랑하는 것은
사랑을 받느니보다 행복하나니라
오늘도 나는 너에게 편지를 쓰나니

—그리운 이여, 그러면 안녕
설령 이것이 이 세상 마지막 인사가 될지라도
사랑하였으므로 나는 진정 행복하였네라.

향수

정지용

넓은 벌 동쪽 끝으로
옛이야기 지줄대는 실개천이 회돌아 나가고,
얼룩백이 황소가
해설피 금빛 게으름 울음을 우는 곳,

—그곳이 차마 꿈엔들 잊힐리야.

질화로에 재가 식어지면
비인 밭에 밤바람 소리 말을 달리고,
엷은 졸음에 겨운 늙으신 아버지가
짚벼개를 돋아 고이시는 곳,

—그곳이 차마 꿈엔들 잊힐리야.

흙에서 자란 내 마음
파아란 하늘 빛이 그리워
함부로 쏜 화살을 찾으려
풀섶 이슬에 함추름 휘적시던 곳,

—그곳이 차마 꿈엔들 잊힐리야.

전설傳說바다에 춤추는 밤물결 같은
검은 귀밑머리 날리는 어린 누이와
아무렇지도 않고 예쁠 것도 없는
사철 발 벗은 아내가
따가운 햇살을 등에 지고 이삭 줍던 곳,

—그곳이 차마 꿈엔들 잊힐리야.

하늘에는 성근 별

알 수도 없는 모래성으로 발을 옮기고,

서리 까마귀 우지짖고 지나가는 초라한 지붕,

흐릿한 불빛에 돌아앉아 도란도란 거리는 곳,

—그곳이 차마 꿈엔들 잊힐리야.

이런 시

이상

　역사役事를 하느라고 땅을 파다가 커다란 돌을 하나 끄집어 내어놓고 보니 도무지 어디서인가 본 듯한 생각이 들게 모양이 생겼는데 목도들이 그것을 메고 나가더니 어디다 갖다 버리고 온 모양이길래 쫓아나가 보니 위험하기 짝이 없는 큰 길가더라.

　그날 밤에 한 소나기 하였으니 필시 그 돌이 깨끗이 씻겼을 터인데 그 이튿날 가보니까 변괴로다 간데 온데 없더라. 어떤 돌이 와서 그 돌을 업어갔을까. 나는 참 이런 처량한 생각에서 아래와 같은 작문을 지었도다.

"내가 그다지 사랑하던 그대여 내 한평생에 차마 그대를 잊을 수 없소이다. 내 차례에 못 올 사랑인 줄은 알면서도 나 혼자는 꾸준히 생각하리라. 자 그러면 내내 어여쁘소서."

어떤 돌이 내 얼굴을 물끄러미 치어다보는 것만 같아서 이런 시는 그만 찢어 버리고 싶더라.

위대한 것은 인간의 일들이니

위대한 것은 인간의 일들이니
나무 병에 우유를 담는 일
꼿꼿하고 살갗을 찌르는 밀 이삭들을 따는 일
암소들을 신선한 오리나무들 옆에서 떠나지 않게 하는 일
숲의 자작나무들을 베는 일
경쾌하게 흘러가는 시내 옆에서 버들가지를 꼬는 일
어두운 벽난로와 옴 오른 늙은 고양이와
잠든 티티새와 즐겁게 노는 어린 아이들 옆에서
낡은 구두를 수선하는 일
한밤중 귀뚜라미들이 날카롭게 울 때
처지는 소리를 내며 베틀을 짜는 일
빵을 만들고 포도주를 만드는 일
텃밭에 양배추와 마늘의 씨앗을 뿌리는 일
그리고 따뜻한 달걀들을 거두어들이는 일

2.

가까이
오라,

밤이 오고

_____ 바람이 분다

젊은 시인에게 주는 충고

라이너 마리아 릴케

마음속의 풀리지 않는 문제들에 대하여

인내를 가지라

문제 그 자체를 사랑하라

지금 당장 해답을 구하려 하지 말라

그건 지금 당장 얻을 수는 없으니까

중요한 건

모든 것을 살아 보는 것이다

지금 그 문제들을 살라

그러면 언젠가 먼 미래에

자신도 알지 못하는 사이에

삶이 너에게 해답을 가져다 줄 테니.

비망록

김경미

　햇빛에 지친 해바라기가 가는 목을 담장에 기대고 잠시 쉴 즈음, 깨어 보니 스물네 살이었다. 신神은, 꼭 꼭 머리카락까지 졸이며 숨어 있어도 끝내 찾아주려 노력하지 않는 거만한 술래여서 늘 재미가 덜했고 타인他人은 고스란히 이유 없는 눈물 같은 것이었으므로,

　스물네 해째 가을은 더듬거리는 말소리로 찾아왔다. 꿈 밖에서는 날마다 누군가 서성이는 것 같아 달려 나가 문 열어보면 아무 일 아닌 듯 코스모스가 어깨에 묻은 이슬발을 툭툭 털어내며 인사했다. 코스모스 그 가는 허리를 안고 들어와 아이를 낳고 싶었다. 석류 속처럼 붉은 잇몸을 가진 아이.

끝내 아무 일도 없었던 스물네 살엔 좀 더 행복해져
도 괜찮았으련만. 굵은 입술을 가진 산두목 같은 사내
와 좀 더 오래 거짓을 겨루었어도 즐거웠으련만. 이리
많이 남은 행복과 거짓에 이젠 눈발 같은 이를 가진 아
이나 웃어 줄는지. 아무 일 아닌 듯.　　　　　해도,

절벽엔들 꽃을 못 피우랴. 강물 위인들 걷지 못하
랴. 문득 깨어나 스물다섯이면 쓰다 만 편지인들 다시
못 쓰랴. 오래 소식 전하지 못해 죄송했습니다. 실낱처
럼 가볍게 살고 싶어서였습니다. 아무것에도 무게 지
우지 않도록.

세월이 가면

박인환

지금 그 사람 이름은 잊었지만
그 눈동자 입술은
내 가슴에 있어.

바람이 불고
비가 올 때도
난 저 유리창 밖
가로등 그늘의 밤을 잊지 못하지

사랑은 가고
과거는 남는 것
여름날의 호숫가
가을의 공원
그 벤치 위에

나뭇잎은 떨어지고
나뭇잎은 흙이 되고
나뭇잎에 덮여서
우리들 사랑이 사라진다 해도

지금 그 사람 이름은 잊었지만
그의 눈동자 입술은
내 가슴에 있어
내 서늘한 가슴에 있건만.

못 잊어

김소월

못 잊어 생각이 나겠지요,
그런대로 한세상 지내시구려,
사노라면 잊힐 날 있으리다.

못 잊어 생각이 나겠지요,
그런대로 세월만 가라시구려,
못 잊어도 더러는 잊히오리다.

그러나 또 한긋 이렇지요,
"그리워 살뜰히 못 잊는데
어쩌면 생각이 떠나지나요?"

들국화

신두업

애초부터
들국화로 살고 싶지 않았습니다
오월의 장미로
우아하게 살고 싶었습니다
어느 바람 부는 날
척박한 들판 언저리
우연히 앉게 되었을 뿐입니다
한 여름의 갈증
쓰디쓴 혈액은 세포를 돌고
어둠 속 폭우엔 풀숲에 쓰러져 울다가도
아침 햇살에 다시 일어섰습니다
알곡 거둬간 들녘에
오롯이 꽃을 피웠는데
스산한 바람에

쇠약한 들풀의 신음 소리

그곳에 그윽한 향기를 나누어주는

가냘픈 들국화

이제는 참으로 사랑하고 싶습니다.

별 헤는 밤

윤동주

계절이 지나가는 하늘에는
가을로 가득 차 있습니다.

나는 아무 걱정도 없이
가을 속의 별들을 다 헤일 듯합니다.

가슴속에 하나 둘 새겨지는 별을
이제 다 못 헤는 것은
쉬이 아침이 오는 까닭이요,
내일 밤이 남은 까닭이요,
아직 나의 청춘이 다하지 않은 까닭입니다.

별 하나에 추억과
별 하나에 사랑과

별 하나에 쓸쓸함과
별 하나에 동경과
별 하나에 시와
별 하나에 어머니, 어머니

어머님, 나는 별 하나에 아름다운 말 한마디씩 불러봅니다. 소 학교 때 책상을 같이 했던 아이들의 이름과 패佩, 경鏡, 옥玉 이런 이국 소녀들의 이름과 벌써 아기 어머니 된 계집애들의 이름과, 가난한 이웃 사람들의 이름과, 비둘기, 강아지, 토끼, 노새, 노루, "프랑시스 잠", "라이너 마리아 릴케", 이런 시인의 이름을 불러봅니다.

이네들은 너무나 멀리 있습니다
별이 아슬히 멀듯이,

어머님,
그리고 당신은 멀리 북간도北間島에 계십니다.

나는 무엇인지 그리워
이 많은 별빛이 내린 언덕 위에
내 이름자를 써 보고,
흙으로 덮어 버리었습니다.

딴은 밤을 새워 우는 벌레는
부끄러운 이름을 슬퍼하는 까닭입니다.

그러나 겨울이 지나고 나의 별에도 봄이 오면
무덤 위에 파란 잔디가 피어나듯이
내 이름자 묻힌 언덕 위에도
자랑처럼 풀이 무성할 게외다.

생의 계단

헤르만 헤세

모든 꽃이 시들듯이
청춘이 나이에 굴복하듯이
생의 모든 과정과 지혜와 깨달음도
그때그때 피었다 지는 꽃처럼
영원하진 않으리.
삶이 부르는 소리를 들을 때마다 마음은
슬퍼하지 않고 새로운 문으로 걸어갈 수 있도록
이별과 재출발의 각오를 해야만 한다.
무릇 모든 시작에는
신비한 힘이 깃들어 있어
그것이 우리를 지키고 살아가는 데 도움을 준다.
우리는 공간들을 하나씩 지나가야 한다.
어느 장소에서도 고향에서와 같은 집착을 가져선
안 된다.

우주의 정신은 우리를 붙잡아 두거나 구속하지 않고
우리를 한 단계씩 높이며 넓히려 한다.
여행을 떠날 각오가 되어 있는 자만이
자기를 묶고 있는 속박에서 벗어나리라.
그러면 임종의 순간에도 여전히 새로운 공간을 향해
즐겁게 출발하리라.
우리를 부르는 생의 외침은 결코
그치는 일이 없으리라.
그러면 좋아, 마음이여
작별을 고하고 건강하여라.

님의 침묵

한용운

님은 갔습니다. 아아 사랑하는 나의 님은 갔습니다.

푸른 산빛을 깨치고 단풍나무 숲을 향하여 난 작은 길을 걸어서 차마 떨치고 갔습니다.

황금의 꽃같이 굳고 빛나던 옛 맹서는 차디찬 티끌이 되어서 한숨의 미풍微風에 날아갔습니다.

날카로운 첫 키스의 추억은 나의 운명의 지침指針을 돌려 놓고 뒷걸음쳐서 사라졌습니다.

나는 향기로운 님의 말소리에 귀먹고 꽃다운 님의 얼굴에 눈 멀었습니다.

사랑도 사람의 일이라 만날 때에 떠날 것을 염려하고 경계하지 아니한 것은 아니지만 이별은 뜻밖의 일이 되고 놀란 가슴은 새로운 슬픔에 터집니다.

그러나 이별은 쓸데없는 눈물의 원천을 만들고 마는 것은 스스로 사랑을 깨치는 것인 줄 아는 까닭에 걷잡을 수 없는 슬픔의 힘을 옮겨서 새 희망의 정수박이에 들어부었습니다.

우리는 만날 때에 떠날 것을 염려하는 것과 같이 떠날 때에 다시 만날 것을 믿습니다.

아아 님은 갔지마는 나는 님을 보내지 아니하였습니다.

제 곡조를 못 이기는 사랑의 노래는 님의 침묵을 휩싸고 돕니다.

흔들리며 피는 꽃

도종환

흔들리지 않고 피는 꽃이 어디 있으랴
이 세상 그 어떤 아름다운 꽃들도
다 흔들리면서 피었나니
흔들리면서 줄기를 곧게 세웠나니
흔들리지 않고 가는 사랑이 어디 있으랴

젖지 않고 피는 꽃이 어디 있으랴
이 세상 그 어떤 빛나는 꽃들도
다 젖으며 젖으며 피었나니
바람과 비에 젖으며 꽃잎 따뜻하게 피웠나니
젖지 않고 가는 삶이 어디 있으랴.

알바트로스

샤를 피에르 보들레르

자주 뱃사람들은 재미삼아
거대한 알바트로스를 붙잡는다.
바다 위를 지치는 배를 시름없는
항해의 동행자인 양 뒤쫓는 바다새를.

바닥 위에 내려놓자, 이 창공의 왕자들
어색하고 창피스런 몸짓으로
커다란 흰 날개를 놋대처럼
가련하게도 질질 끄는구나.

이 날개 달린 항해자, 그 어색함과 나약함이여!
한때 그토록 멋지던 그가 얼마나 가엾고 추악한가!
어떤 이는 담뱃대로 부리를 들볶고,
어떤 이는 절뚝절뚝, 날던 불구자 흉내를 낸다!

시인도 폭풍 속을 드나들고 사수를 비웃는
이 구름 위의 왕자 같아라.
야유의 소용돌이 속에 지상에 유배되니
그 거대한 날개 때문에 걷기조차 힘겨워 한다.

나와 나타샤와 흰 당나귀

백석

가난한 내가
아름다운 나타샤를 사랑해서
오늘밤은 푹푹 눈이 나린다

나타샤를 사랑은 하고
눈은 푹푹 날리고
나는 혼자 쓸쓸히 앉어 소주를 마신다
소주를 마시며 생각한다
나타샤와 나는
눈이 푹푹 쌓이는 밤 흰 당나귀 타고
산골로 가자 출출이 우는 깊은 산골로 가 마가리에
살자

눈은 푹푹 나리고

나는 나타샤를 생각하고

나타샤가 아니올 리 없다

언제 벌써 내 속에 고조곤히 와 이야기한다

산골로 가는 것은 세상한테 지는 것이 아니다

세상 같은 건 더러워 버리는 것이다

눈은 푹푹 나리고

아름다운 나타냐는 나를 사랑하고

어데서 흰 당나귀도 오늘밤이 좋아서 응앙응앙 울

을 것이다

정말 그럴 때가

정말 그럴 때가 있을 겁니다.
어디 가나 벽이고 무인도이고
혼자라는 생각이 들 때가 있을 겁니다.

누가 "괜찮니"라고 말을 걸어도
금세 울음이 터질 것 같은
노엽고 외로운 때가 있을 겁니다.

내 신발 옆에 벗어놓았던 작은 신발들
내 편지봉투에 적힌 수신인들의 이름
내 귀에다 대고 속삭이던 말소리들은
지금 모두
다 어디 있는가.
아니 정말 그런 것들이 있기라도 했었는가.

그런 때에는 연필 한 자루 잘 깎아
글을 씁니다.

사소한 것들에 대하여
어제보다 조금 더 자란 손톱에 대하여
문득 발견한 묵은 흉터에 대하여
떨어진 단추에 대하여
빗방울에 대하여

정말 그럴 때가 있을 겁니다.
어디 가나 벽이고 무인도이고
혼자라는 생각이 들 때가 있을 겁니다.

끝없는 강물이 흐르네

김영랑

내 마음의 어딘 듯 한 편에 끝없는
강물이 흐르네
돋쳐 오르는 아침 날 빛이 빤질한
은결을 도도네
가슴엔 듯 눈엔 듯 또 핏줄엔 듯
마음이 도른도른 숨어 있는 곳
내 마음의 어딘 듯 한 편에 끝없는
강물이 흐르네

낙엽

시몬, 나무 잎새 져버린 숲으로 가자.
낙엽은 이끼와 돌과 오솔길을 덮고 있다.

시몬, 너는 좋으냐, 낙엽 밟는 소리가.
낙엽 빛깔은 정답고 모양은 쓸쓸하다.
낙엽은 버림받고 땅 위에 흩어져 있다.

시몬, 너는 좋으냐, 낙엽 밟는 소리가.
해질 무렵 낙엽 모양은 쓸쓸하다.
바람에 흩어지며 낙엽은 상냥히 외친다.

시몬, 너는 좋으냐, 낙엽 밟는 소리가.
발로 밟으면 낙엽은 영혼처럼 운다.
낙엽은 날개 소리와 여자의 옷자락 소리를 낸다.

시몬, 너는 좋으냐, 낙엽 밟는 소리가.
가까이 오라, 우리도 언젠가는 낙엽이리니.
가까이 오라, 밤이 오고 바람이 분다.

시몬, 너는 좋으냐, 낙엽 밟는 소리가.

3.

너에게로
가지 않으려고
미친 듯 걸었던

그 무수한 길도 실은
네게로 향한 것이었다

장미와 가시

김승희

눈먼 손으로
나는 삶을 만져 보았네.
그건 가시투성이였어.

가시투성이 삶의 온몸을 만지며
나는 미소 지었지.
이토록 가시가 많으니
곧 장미꽃이 피겠구나 하고.

장미꽃이 피어난다 해도
어찌 가시의 고통을 잊을 수 있을까
해도
장미꽃이 피기만 한다면
어찌 가시의 고통을 버리지 못하리요.

눈먼 손으로
삶을 어루만지며
나는 가시투성이를 지나
장미꽃을 기다렸네.

그의 몸에는 많은 가시가
돋아 있었지만, 그러나,
나는 한 송이의 장미꽃도 보지 못하였네.

그러니, 그대, 이제 말해주오.
삶은 가시장미인가 장미가시인가
아니면 장미의 가시인가, 또는
장미와 가시인가를.

산유화

김소월

산에는 꽃 피네
꽃이 피네
갈 봄 여름 없이
꽃이 피네

산에
산에
피는 꽃은
저만치 혼자서 피어 있네

산에서 우는 작은 새여
꽃이 좋아
산에서
사노라네

산에는 꽃 지네

꽃이 지네

갈 봄 여름 없이

꽃이 지네

너는 한 송이 꽃과 같이

하인리히 하이네

너는 한 송이 꽃과 같이
그리도 예쁘고 귀엽고 깨끗하여라
너를 보고 있으면 서러움은
나의 가슴 속까지 스며드누나

하나님이 너를 언제나 이대로
밝고 곱고 귀엽도록 지켜 주시길
너의 머리 위에 두 손을 얹고
나는 빌고만 싶어지누나.

푸른밤

나희덕

너에게로 가지 않으려고 미친 듯 걸었던
그 무수한 길도
실은 네게로 향한 것이었다

까마득한 밤길을 혼자 걸어갈 때에도
내 응시에 날아간 별은
네 머리 위에서 반짝였을 것이고
내 한숨과 입김과 꽃들은
네게로 몸을 기울여 흔들렸을 것이다
사랑에서 치욕으로,
다시 치욕에서 사랑으로,
하루에도 몇 번씩 네게로 드리웠던 두레박

그러나 매양 퍼 올린 것은
수만 갈래의 길이었을 따름이다
은하수의 한 별이 또 하나의 별을 찾아가는
그 수만의 길을 나는 걷고 있는 것이다

나의 생애는
모든 지름길을 돌아서
네게로 난 단 하나의 에움길이었다.

비

돌에
그늘이 차고,

따로 몰리는
소소리 바람.

앞 섰거니 하야
꼬리 치날리여 세우고,

종종 다리 깟칠한
산山새 걸음거리.

여울 지여
수척한 흰 물살,

갈갈이
손가락 펴고.

멎은듯
새삼 돋는 빗낯

붉은 잎 잎
소란히 밟고 간다.

그대를 생각하는 즐거움

아주 종종
그대를 생각합니다
그대는 끊임없이 내 마음속에 찾아들지요

그대를 생각합니다
뜻하지 않는 시간에
뜻하지 않는 곳에서

그대에 대한 아름다운 생각을 하면서
끊임없이 놀라게 되는 것은
얼마나 기분 좋은 일인지요

자화상

윤동주

산 모퉁이를 돌아 논가 외딴 우물을 홀로 찾아가선
가만히 들여다 봅니다.

우물 속에는 달이 밝고 구름이 흐르고 하늘이 펼치
고 파아란 바람이 불고 가을이 있습니다.

그리고 한 사나이가 있습니다.
어쩐지 그 사나이가 미워져 돌아갑니다.

돌아가다 생각하니 그 사나이가 가엾어집니다.
도로 가 들여다 보니 사나이는 그대로 있습니다.

다시 그 사나이가 미워져 돌아갑니다.
돌아가다 생각하니 그 사나이가 그리워집니다.

우물 속에는 달이 밝고 구름이 흐르며 하늘이 펼치
고 파아란 바람이 불고 가을이 있고 추억처럼 사나이
가 있습니다.

내가 이렇게 외면하고

백석

    내가 이렇게 외면하고 거리를 걸어가는 것은 잠풍
날씨가 너무나 좋은 탓이고

    가난한 동무가 새 구두를 신고 지나간 탓이고 언제
나 꼭같은 넥타이를 매고 고운 사람을 사랑하는 탓이다

    내가 이렇게 외면하고 거리를 걸어가는 것은 또 내
많지 못한 월급이 얼마나 고마운 탓이고

    이렇게 젊은 나이로 코밑수염도 길러보는 탓이고
그리고 어느 가난한 집 부엌으로 달재 생선을 진장에
꼿꼿이 지진 것은 맛도 있다는 말이 자꼬 들려오는 탓
이다

사랑

칼릴 지브란

사랑이 그대에게 손짓하면 따라가세요
그 길이 험하고 가파르다 해도
사랑의 나래가 그대를 품으면 순순히 안기세요
비록 그 날개에 숨은 칼날이 그대를 상하게 하더라도
그리고 사랑이 그대에게 말을 하거든 믿으세요
북풍이 꽃밭을 망가뜨려 눕히듯이
사랑의 목소리가 그대의 꿈을 산산조각을 낸다 해도
사랑이란 그대에게 왕관을 씌워주지만
당신을 못 박기도 하니까요
사랑이란 그대를 성숙하게도 하지만 가지를 치는 아
픔도 …

사랑은 자신 이외에 아무것도 주지 않고 받지도 않습니다

사랑은 소유하지 아니하고 소유 당하지도 않을 겁니다

왜냐하면, 사랑은 사랑으로 충분하니까요.

사랑

한용운

봄물보다 깊으니라
갈산秋山보다 높으니라
달보다 빛나리라
돌보다 굳으리라
사랑을 묻는 이 있거든
이대로만 말하리

민들레꽃

조지훈

까닭 없이 마음 외로울 때는
노오란 민들레 꽃 한 송이도
애처롭게 그리워지는데

아 얼마나한 위로이랴
소리쳐 부를 수도 없는 이 아득한 거리에
그대 조용히 나를 찾아오느니

사랑한다는 말 이 한마디는
내 이 세상 온전히 떠난 뒤에 남을 것

잊어버린다. 못잊어 차라리 병이 되어도
아 얼마나한 위로이랴
그대 맑은 눈을 들어 나를 보느니.

오늘

토머스 칼라일

이렇게 여기 새벽이 찾아왔네
또 하나의 푸른 날이
생각하라 그대는 이날을
헛되어 지나가게 하려는가

영원으로부터
이 새로운 날은 태어났고
영원 속으로
밤에는 다시 돌아가나니

그 누구의 눈이라도
이날을 미리 보지 못했고
모두의 눈에서 숨겨져
이날은 이내 영원히 사라진다

여기 새벽이 찾아왔네
또 하나의 푸른 날이
헛되이 지나가게 하려는가.

거울

거울속에는소리가없소
저렇게까지조용한세상은참없을것이오

거울속에도내게귀가있소
내말을못알아듣는딱한귀가두개나있소

거울속의나는왼손잡이오
내악수를받을줄모르는-악수를모르는왼손잡이오

거울때문에나는거울속의나를만져보지를못하는구
료마는
거울아니었던들내가어찌거울속의나를만나보기만
이라도했겠소

나는지금거울을안가졌소마는거울속에는늘거울속
의내가있소
　　잘은모르지만외로된사업에골몰할게요

　　거울속의나는참나와는반대요마는
　　또꽤닮았소
　　나는거울속의나를근심하고진찰할수없으니퍽섭섭
하오

지혜란 세월과 함께 오는 것

윌리엄 버틀러 예이츠

잎들은 많으나 뿌리는 하나이니
내 젊은 시절 모든 거짓된 날들 내내
나는 내 잎들과 꽃들을 태양 아래서 흔들었다
이제 나 진리 속에서 시들어 가리라.

4.

그러한

　잠시

내가 알던 소녀는

정원의 초목 옆에서

_____ 자라고

내게 와서, 시를 읊어다오

헨리 위즈워스 롱펠로

와서, 내게 시를 읊어다오
순수하고 가슴에 사무치는 시를
이 들뜬 마음을 달래주고
하루의 생각들이 사라지도록

그 소중히 여기는 시집에서
그대가 뽑은 시를 읽으며
그 시인의 운율에 맞춰
그대 아름다운 음성 들려주기를

그러면 이 밤 노래로 가득 넘쳐
하루 동안 들끓었던 근심들이
아라비아인들처럼 텐트를 접고
살며시 달아나리라.

송별

이병기

재 너머 두서너 집 호젓한 마을이다
촛불을 다시 혀고 잔 들고 마주 앉아
이야기 끝이 못 나고 밤은 벌써 깊었다

눈이 도로 얼고 산山머리 달은 진다
잡아도 뿌리치고 가시는 이 밤의 정情이
십리十里가 못 되는 길도 백리百里도곤 멀어라

목마와 숙녀

한 잔의 술을 마시고
우리는 버지니아 울프의 생애와
목마를 타고 떠난 숙녀의 옷자락을 이야기한다
목마는 주인을 버리고 거저 방울 소리만 울리며
가을 속으로 떠났다 술병에서 별이 떨어진다
상심한 별은 내 가슴에 가벼웁게 부서진다
그러한 잠시 내가 알던 소녀는
정원의 초목 옆에서 자라고
문학이 죽고 인생이 죽고
사랑의 진리마저 애증의 그림자를 버릴 때
목마를 탄 사랑의 사람은 보이지 않는다
세월은 가고 오는 것
한때는 고립을 피하여 시들어가고
이제 우리는 작별하여야 한다

술병이 바람에 쓰러지는 소리를 들으며
늙은 여류작가의 눈을 바라보아야 한다
……등대에……
불이 보이지 않아도
거저 간직한 페시미즘의 미래를 위하여
우리는 처량한 목마 소리를 기억하여야 한다
모든 것이 떠나든 죽든
거저 가슴에 남은 희미한 의식을 붙잡고
우리는 버지니아 울프의 서러운 이야기를 들어야 한다
두 개의 바위 틈을 지나 청춘을 찾은 뱀과 같이
눈을 뜨고 한 잔의 술을 마셔야 한다.
인생은 외롭지도 않고
거저 잡지의 표지처럼 통속하거늘

한탄할 그 무엇이 무서워서 우리는 떠나는 것일까
목마는 하늘에 있고
방울 소리는 귓전에 철렁거리는데
가을 바람 소리는
내 쓰러진 술병 속에서 목메어 우는데.

초원의 빛

한때 그처럼 찬란했던 광채가
지금 내 눈 앞에서 영원히 사라진다 한들
초원의 빛, 꽃의 영광이 깃든
이 시간이 다시 올 수 없다 한들

그래도 우리는 슬퍼하지 않고 찾으리
남겨진 것들에서 힘을
지금까지도 그리고 언제나 있을
원초적 연민 속에서

인간의 고통 속에서 샘처럼 솟아난
위로하는 생각 속에서
죽음 너머를 보는 믿음 안에서
지혜로운 정신을 가져다주는 세월 속에서.

모란이 피기까지는

모란이 피기까지는

나는 아직 나의 봄을 기다리고 있을테요

모란이 뚝뚝 떨어져버린 날

나는 비로소 봄을 여읜 설움에 잠길테요

오월 어느 날, 그 하루 무덥던 날

떨어져 누운 꽃잎마저 시들어 버리고는

천지에 모란은 자취도 없어지고

뻗쳐 오르던 내 보람 서운케 무너졌느니

모란이 지고 말면 그뿐, 내 한 해는 다가고 말아

삼백 예순 날 하냥 섭섭해 우옵네다

모란이 피기까지는

나는 아직 기다리고 있을테요,

찬란한 슬픔의 봄을.

그대와 나

헨리 앨퍼드

가슴과 영혼과 만감으로 그대를 원합니다
하나이자 모든 것인 그대를.
완전하고 솔직한 그대와의 공감대가 없다면
나는 나락으로 떨어지고 말거에요
우리는 함께여야 합니다, 그대와 나는.
우리는 서로를 너무나 원합니다, 꿈과 희망, 계획된 일들,
알고 있는 것이나 할 일이 무엇인지 깨닫기 위해.
동반자며 위로자요, 안내자며 친구라.
사랑이 사랑을 불러오듯이 생각은 생각을 불러 옵니다
인생은 짧고 쏜 살처럼 외로운 시간들은 날아가 버리니
우리는 함께여야 합니다, 그대와 나는.

승무

조지훈

얇은 사紗하이얀 고깔은
고이 접어서 나빌레라.

파르라니 깎은 머리
박사 고깔에 감추오고

두 볼에 흐르는 빛이
정작으로 고와서 서러워라.

빈 대臺에 황촉 불이 말없이 녹는 밤에
오동잎 잎새마다 달이 지는데

소매는 길어서 하늘은 넓고
돌아설 듯 날아가며 사뿐히 접어 올린 외씨 보선이여.

까만 눈동자 살포시 들어
먼 하늘 한 개 별빛에 모두오고

복사꽃 고운 뺨에 아롱질 듯 두 방울이야
세사에 시달려도 번뇌煩惱는 별빛이라

휘어져 감기우고 다시 접어 뻗는 손이
깊은 마음속 거룩한 합장合掌인 양하고

이 밤 사 귀또리도 지새는 삼경三更인데
얇은 사紗하이얀 고깔은 고이 접어서 나빌레라.

첫사랑

월리엄 버틀러 예이츠

비록 떠가는 달처럼
미의 살벌한 종족 속에서 키워졌지만
그녀는 잠시동안 걷고 잠시동안 얼굴 붉히며
그리고 내가 다니는 길에 서 있다
그녀의 몸이 살과 피로 된 심장을
갖고 있다고 내가 생각할 때까지.

그러나 나 그 위에 손을 얹고
돌같이 차가운 마음을 발견한 후엔
많은 것을 시도해 보았으나
아무것도 이루지 못했다
매번 뻗치는 손은 달 위를 여행하는
미치광이 같아라.

그녀는 웃었고, 그건 내 모습을 변모시켜
얼간이로 만들었고
여기저기를 어슬렁거린다
달이 사라진 뒤의
별들의 하늘의 운행보다 더
생각이 텅 빈 자로.

쉽게 씌어진 시詩

윤동주

창밖에 밤비가 속살거려
육첩방六疊房은 남의 나라,

시인이란 슬픈 천명天命인 줄 알면서도
한 줄 시를 적어 볼까,

땀내와 사랑내 포근히 품긴
보내주신 학비 봉투를 받아

대학 노-트를 끼고
늙은 교수의 강의 들으러 간다.

생각해 보면 어린 때 동무를
하나, 둘, 죄다 잃어버리고

나는 무얼 바라
나는 다만, 홀로 침전沈澱하는 것일까?

인생은 살기 어렵다는데
시가 이렇게 쉽게 씌어지는 것은
부끄러운 일이다.

육첩방은 남의 나라
창밖에 밤비가 속살거리는데,

등불을 밝혀 어둠을 조금 내몰고,
시대처럼 올 아침을 기다리는 최후의 나,

나는 나에게 작은 손을 내밀어
눈물과 위안으로 잡는 최초의 악수.

감미롭고 고요한 명상에 잠기면서
- 소네트 30

윌리엄 셰익스피어

감미롭고 고요한 명상에 잠기면서
지나간 일들의 기억들을 끄집어낸다
내가 추구하던 많은 것을 이루지 못함을 탄식하며
오랜 슬픔으로 내 소중한 시간의 허비를 새삼 한탄하네

날짜 없는 죽음의 밤 속에 감춰진 소중한 벗들을 위해
흐르지 않던 눈물이 내 눈에서 흘러내리네
오래 전에 끝난 사랑의 슬픔을 다시 슬퍼하고
수많은 사라진 모습의 소중함을 애도한다

지나가 버린 비통함을 비통해하며
무거운 마음으로 슬픔에서 슬픔을 전한다
이전의 애도했던 애도의 슬픈 계산을
이전에 지불하지 않은 것처럼 다시 지불한다

하지만 내가 그대를 생각하는 동안은, 그리운 벗이여,
모든 잃은 것은 복원되고 슬픔 또한 끝나리라.

겨울 사랑

눈송이처럼 너에게 가고 싶다

머뭇거리지 말고

서성대지 말고

숨기지 말고

그냥 네 하얀 생애 속에 뛰어들어

따스한 겨울이 되고 싶다

천년 백설이 되고 싶다.

사랑하는 까닭

한용운

　내가 당신을 사랑하는 것은 까닭이 없는 것이 아닙니다.
　다른 사람들은 나의 홍안만을 사랑하지마는 당신은 나의 백발도 사랑하는 까닭입니다.

　내가 당신을 그리워하는 것은 까닭이 없는 것이 아닙니다.
　다른 사람들은 나의 미소만을 사랑하지마는 당신은 나의 눈물도 사랑하는 까닭입니다.

　내가 당신을 기다리는 것은 까닭이 없는 것이 아닙니다.
　다른 사람들은 나의 건강만을 사랑하지마는 당신은 나의 죽음도 사랑하는 까닭입니다.

사랑의 철학

퍼시 비시 셸리

샘물은 흘러서 강물과 만나고
강물은 흘러서 바다와 만난다
하늘의 바람들은 달콤한 감정으로
서로 영원히 어울린다

이 세상에 홀로 있는 것은 없다
만물은 신성한 법칙을 따라
서로 다른 존재들이 어울리는데
그대와 나 어찌 함께 하지 못하랴?

보라, 산은 높은 하늘과 입맞추고
파도는 파도끼리 서로 껴안는다
만약 누가 그의 형제를 업신여긴다면
누구라도 용서받을 수 없으리

햇빛은 대지를 얼싸안고
달빛은 바다에 입맞추는데
만약 그대가 나에게 입맞추지 않는다면
이 모든 입맞춤이 무슨 소용이 있으랴?

이따금 고요한 밤이면

토머스 모어

이따금 고요한 밤이면
잠의 사슬이 나를 결박하기 전에
그리운 기억은 내게
지난날의 모습을 가져다 준다
어린 시절의
미소들을, 눈물들을,
그때 고백했던 사랑의 말들을,
지금은 흐릿해지고 사라졌지만
빛나던 눈동자를,
지금은 부서졌지만 발랄했던 마음을,
그리하여 고요한 밤이면
잠의 사슬이 나를 결박하기 전에
슬픈 기억은 내게
지난날의 모습을 가져다 준다.

5.

흔들리는

종소리의

동그라미

속에서

백화白樺

산골집은 대들보도 기둥도 문살도 자작나무다

밤이면 캥캥 여우가 우는 산도 자작나무다

그 맛있는 메밀국수를 삶는 장작도 자작나무다

그리고 감로甘露같이 단샘이 솟는 박우물도 자작나
무다

산 너머는 평안도 땅도 뵈인다는 이 산골은 온통 자
작나무다

긴 침묵 뒤에

윌리엄 버틀러 예이츠

긴 침묵 뒤에 하는 말, 그것이 옳으니
다른 모든 연인들은 다 멀어지거나 잠들었고
싸늘한 등불은 갓 아래 숨어 있으며
커튼도 싸늘한 밤을 의지해 드리워져 있네
예술과 노래라는 최상의 논제를
우리는 상세히 논하고 다시 논한다
육신의 노쇠는 지혜라, 젊어서는
우린 서로 사랑했으나 무지했다네.

담쟁이

도종환

저것은 벽
어쩔 수 없는 벽이라고 우리가 느낄 때
그때
담쟁이는 말없이 그 벽을 오른다
물 한 방울 없고 씨앗 한 톨 살아남을 수 없는
저것은 절망의 벽이라고 말할 때
담쟁이는 서두르지 않고 앞으로 나아간다
한 뼘이라도 꼭 여럿이 함께 손을 잡고 올라간다
푸르게 절망을 다 덮을 때까지
바로 그 절망을 잡고 놓지 않는다
저것은 넘을 수 없는 벽이라고 고개를 떨구고 있을 때
담쟁이 잎 하나는 담쟁이 잎 수천 개를 이끌고
결국 그 벽을 넘는다.

잃은 것과 얻은 것

헨리 워즈워스 롱펠로

내가 잃은 것과 얻은 것
내가 놓친 것과 이룬 것
비교해 볼 때
자랑할 만한 여지가 별로 없네

얼마나 많은 날을 하릴없이 보냈고
얼마나 좋은 뜻을 화살처럼 날려버려
못 미치거나 빗나갔는지
난 알고 있네

하지만 뉘 감히
현명함으로 잃은 것과 얻은 것을
헤아릴 수 있으랴?

패배가 승리로 가장되고
가장 낮은 썰물이 밀물로 바뀌는 것이니.

가을에

정한모

맑은 햇빛으로 반짝반짝 물들으며
가볍게 가을을 날으고 있는
나뭇잎,
그렇게 주고받는
우리들의 반짝이는 미소微笑로도
이 커다란 세계를
넉넉히 떠받쳐 나갈 수 있다는 것을
믿게 해주십시오

흔들리는 종소리의 동그라미 속에서
엄마의 치마 곁에 무릎을 꿇고
모아쥔 아가의
작은 손아귀 안에
당신을 찾게 해주십시오

이렇게 살아가는
우리의 어제 오늘이
마침낸 전설傳說속에 묻혀버리는
해저海低같은 그날은 있을 수 없습니다

달에는
은도끼로 찍어낼
계수나무가 박혀 있다는
할머니의 말씀이
영원히 아름다운 진리眞理임을
오늘도 믿으며 살고 싶습니다

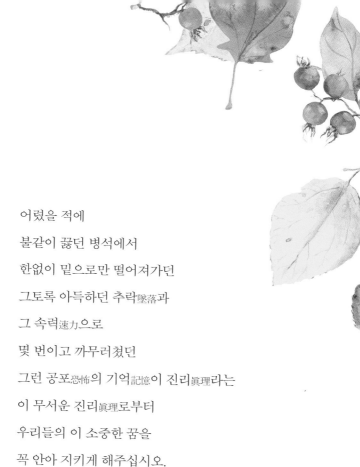

어렸을 적에

불같이 끓던 병석에서

한없이 밑으로만 떨어져가던

그토록 아득하던 추락墜落과

그 속력速力으로

몇 번이고 까무러쳤던

그런 공포恐怖의 기억記憶이 진리眞理라는

이 무서운 진리眞理로부터

우리들의 이 소중한 꿈을

꼭 안아 지키게 해주십시오.

새 봄

하인리히 하이네

꽃나무 아래 거닐다보니
꽃 따라 나도 꽃피네.
발걸음마다 휘청거리며
나 꿈속처럼 거니네.

오, 나를 붙잡아 주오. 제발!
그렇지 않으면 나 사랑에 취해
당신 발아래 쓰러질 것만 같아요.
정원에 사람들 이렇게 많은데 말이에요.

꽃

김춘수

내가 그의 이름을 불러주기 전에는
그는 다만
하나의 몸짓에 지나지 않았다.

내가 그의 이름을 불러주었을 때
그는 나에게로 와서
꽃이 되었다.

내가 그의 이름을 불러준 것처럼
나의 이 빛깔과 향기香氣에 알맞는
누가 나의 이름을 불러다오 .

그에게로 가서 나도
그의 꽃이 되고 싶다.

우리들은 모두
무엇이 되고 싶다.
너는 나에게 나는 너에게
잊혀지지 않는 하나의 의미意味가 되고 싶다.

먼 후일

먼 훗날 당신이 찾으시면
그때에 내 말이 잊었노라

당신이 속으로 나무라면
무척 그리다가 잊었노라

그래도 당신이 나무라면
믿기지 않아서 잊었노라

오늘도 어제도 아니 잊고
먼 훗날 그때에 잊었노라.

나의 생애에 흐르는 시간들

박인환

나의 생애에 흐르는 시간들
가느다란 일 년의 안젤루스

어두워지면 길목에서 울었다
사랑하는 사람과

숲속에서 들리는 목소리
그의 얼굴은 죽은 시인이었다

늙은 언덕 밑
피로한 계절과 부서진 악기

모이면 지난날을 이야기한다
누구나 저만이 슬프다고

가난을 등지고 노래도 잃은
안개 속으로 들어간 사람아

이렇게 밝은 밤이면
빛나는 수목樹木이 그립다

바람이 찾아와 문은 열리고
찬 눈은 가슴에 떨어진다

힘없이 반항하던 나는
겨울이라 떠나지 못하겠다

밤 새우는 가로등
무엇을 기다리나

나도 서 있다
무한한 과실만 먹고

호수1

정지용

얼굴 하나야
손바닥 둘로
폭 가리지만

보고 싶은 마음
호수만 하니
눈 감을 밖에

사랑에 빠질수록 혼자가 되라

라이너 마리아 릴케

사랑에 빠진 사람은
혼자 지내는 데 익숙해져야 하네
사랑이라고 불리는 그것
두 사람의 것이라고 보이는 그것은 사실
홀로 따로따로 있어야만 비로소 충분히 펼쳐져
마침내 완성되는 것이기에
사랑이 오직 자기 감정 속에 들어 있는 사람은
사랑이 자기를 연마하는 나날이 되네
서로에게 부담스런 짐이 되지 않으며
그 거리에서 끊임없이 자유로울 수 있는 것
사랑에 빠질수록 혼자가 되라
두 사람이 겪으려 하지 말고
오로지 혼자가 되라

새로운 길

윤동주

내를 건너서 숲으로
고개를 넘어서 마을로

어제도 가고 오늘도 갈
나의 길 새로운 길

민들레가 피고 까치가 날고
아가씨가 지나고 바람이 일고

나의 길은 언제나 새로운 길
오늘도… 내일도…

내를 건너서 숲으로
고개를 넘어서 마을로

나룻배와 행인

한용운

나는 나룻배
당신은 행인

당신은 흙발로 나를 짓밟습니다.
나는 당신을 안고 물을 건너갑니다.
나는 당신을 안으면 깊으나 옅으나 급한 여울이나
건너갑니다.

만일 당신이 아니 오시면 나는 바람을 쐬고 눈비를
맞으며 밤에서 낮까지 당신을 기다리고 있습니다.
당신은 물만 건너면 나를 돌아보지도 않고 가십니
다그려.
그러나 당신이 언제든지 오실 줄만은 알아요.
나는 당신을 기다리면서 날마다 날마다 낡아갑니다.

나는 나룻배

당신은 행인

책

헤르만 헤세

이 세상 어떠한 책도 그대에게 행복을 주지는 못한다
그러나 살며시 그대를 일깨워 스스로에게 돌아가게
해준다

책에는 그대에게 필요한 모든 것이 있다
해와 달과 별, 그대가 찾고 있는 빛까지

그대가 책에서 오래도록 찾고 헤매던 지혜는
지금 모든 책장에서 반짝이고 있다
이제 그 지혜는 그대의 것이다

평생 간직하고픈 시
개정판
ⓒ 윤동주 외, 2023

초판   1쇄 2015년 10월 23일 펴냄
초판 15쇄 2020년 11월 18일 펴냄
개정판 1쇄 2023년 6월 12일 펴냄

지은이 | 윤동주 외
펴낸이 | 이태준

기획 · 편집 | 박상문, 김슬기
디자인 | 최진영
인쇄 · 제본 | (주)삼신문화

펴낸곳 | 북카라반
출판등록 | 제17-332호 2002년 10월 18일

주소 | (04037) 서울시 마포구 양화로7길 6-16 서교제일빌딩 3층
전화 | 02-486-0385
팩스 | 02-474-1413

ISBN 979-11-6005-126-1 03810
값 13,000원